3 4028 09651

S0-AIR-079

Puedes consultar nuestro catálogo en
www.picarona.net

LA VERDADERA HISTORIA DE LOS TRES CERDITOS
Ilustraciones: *L. Leslie Brooke*

1.ª edición: noviembre de 2017

Título original: *The Story of the Three Little Pigs*

Traducción: *Juli Peradejordi*
Maquetación: *Montse Martín*
Corrección: *Sara Moreno*

© 2017, Ediciones Obelisco, S. L.
www.edicionesobelisco.com
(Reservados los derechos para la lengua española)

Edita: Picarona, sello infantil de Ediciones Obelisco, S. L.
Collita, 23-25. Pol. Ind. Molí de la Bastida
08191 Rubí - Barcelona
Tel. 93 309 85 25 - Fax 93 309 85 23
E-mail: picarona@picarona.net

ISBN: 978-84-9145-120-4
Depósito Legal: B-21.234-2017

Printed in Spain

Impreso en España por ANMAN, Gràfiques del Vallès, S. L.
C/ Llobateres, 16-18, Tallers 7 - Nau 10, Polígon Industrial Santiga
08210 - Barberà del Vallès (Barcelona)

La verdadera historia de los tres cerditos

L. Leslie Brooke

Érase una vez una anciana cerdita con tres pequeños cerditos, y como no tenía suficientes medios para cuidar de ellos, los mandó en busca de fortuna.

7

El primero que se fue de casa se encontró con un hombre que llevaba un fardo de paja, y le dijo:

—Por favor, señor, ¿me puede dar esta paja para construirme una casa?

Lo que el hombre hizo, y el cerdito se construyó una casa con ella. Entonces apareció un lobo que llamó a la puerta y dijo:

—Cerdito, cerdito, déjame entrar.

A lo que respondió el cerdito:

—No, no, por los pelos de mi barba…

—Entonces soplaré y soplaré
y tu casa derribaré –dijo el lobo.
Y sopló y sopló y la casa derribó,
y se comió al primer cerdito.

9

El segundo cerdito se encontró con un hombre
que llevaba una carga de madera y le dijo:
—Por favor, señor, ¿me puede dar esta madera
para construir una casa?
Lo que el hombre hizo, y el cerdito se construyó su casa.
Entonces apareció el lobo y dijo:
—Cerdito, cerdito, déjame entrar.
—No, no, por los pelos de mi barba…
—Entonces soplaré y soplaré y tu casa derribaré.

Y sopló y sopló y acabó derribando la casa
y se comió al segundo cerdito.
El tercer cerdito se encontró con un hombre
que llevaba un cargamento de ladrillos y le dijo:
—Por favor, señor, deme esos ladrillos
para construir una casa con ellos.

Entonces el hombre le dio los ladrillos
y el cerdito construyó su casa con ellos.

Pero vino el lobo como hiciera
con los otros cerditos y dijo:
—Cerdito, cerdito, déjame entrar...
—No, por los pelos de mi barba...
—Entonces soplaré y soplaré, y tu casa derribaré.
Así que sopló y sopló, sopló y volvió a soplar
y la casa no pudo derribar.

Cuando se dio cuenta de que no podía derribar
la casa con sus soplidos y resoplidos, le dijo:
—Cerdito, sé dónde hay un bonito campo de nabos.
—¿Dónde? –dijo el cerdito.
—Oh, en la granja del Sr. Smith, y si mañana
por la mañana estás listo, vendré a buscarte,
e iremos juntos a coger algunos para comérnoslos.
—Muy bien –dijo el cerdito–. Estaré listo.
¿A qué hora piensas ir?
—A las seis en punto.

Y de este modo el cerdito se levantó a las cinco, recogió los nabos y regresó a su casa antes de las seis.

Cuando el lobo llegó, le dijo:
—Cerdito, ¿estás listo?
—¿Listo? –dijo el cerdito–, si ya he ido y he vuelto
y tengo una olla llena para la comida.

16

El lobo se enfadó muchísimo, pero pensó
que se la devolvería, y le dijo al cerdito:
—Cerdito, ¿quieres saber dónde
hay un bonito manzano?
—¿Dónde? –preguntó el cerdito.
—Ahí abajo, en el jardín de Merry –contestó el lobo–,
y si esta vez no me engañas, vendré a buscarte
mañana a las cinco en punto e iremos juntos
a recoger manzanas.

Y de este modo, el cerdito se levantó al día siguiente a las cuatro de las mañana y se dio prisa para recoger manzanas antes de que el lobo llegase. Pero el manzano estaba lejos y tuvo que subir a él, así que, justo cuando estaba bajando vio que se acercaba el lobo y, como os podéis imaginar, se asustó muchísimo.

Cuando llegó el lobo le dijo:
—Cerdito, ¡has llegado antes que yo!
¿Están buenas las manzanas?
—Sí, están muy buenas –contestó el cerdito–.
—Te voy a echar una.

19

Pero se la mandó tan lejos que mientras el lobo
fue corriendo a por ella, el cerdito bajó del árbol
y se fue corriendo a su casa.

Al día siguiente, el lobo regresó y le dijo al cerdito:

—Cerdito, esta tarde hay una feria en el pueblo.
¿Vas a ir?

—Desde luego, ahí estaré –contestó el cerdito–.

—¿A qué hora estarás listo?

—A las tres –dijo el lobo.

Y de este modo, el cerdito hizo como siempre y llegó
antes a la feria y se compró una mantequera.

Ya estaba de camino a casa cuando vio que venía
el lobo. No sabía qué hacer y se escondió en la
mantequera. Pero al hacerlo la volcó y empezó
a rodar, y rodó colina abajo con el cerdito dentro.

El lobo se pegó un susto tan grande que
se fue corriendo a su casa sin ir a la feria.
Fue a casa del cerdito y le explicó que se había
asustado mucho de una cosa muy grande y redonda
que bajaba rodando por la colina.
Entonces el cerdito le dijo:
—¡Ah, así que te he asustado! Estuve en la feria
y compré una mantequera. Cuando te vi me metí
dentro de ella y nos pusimos a rodar colina abajo.

Entonces el lobo se enfadó muchísimo y declaró
que se comería al cerdito y que bajaría
por la chimenea a por él.
Cuando el cerdito se dio cuenta de lo que iba a pasar,
puso en la chimenea una gran olla llena de agua
y encendió el fuego. Y mientras el lobo bajaba por la
chimenea quitó la tapa de la olla y el lobo cayó en ella.

24

Y el cerdito volvió a tapar la olla
y en un instante lo coció.

El cerdito se lo comió para cenar...

...y vivió feliz para siempre.

Resuelve el enigma

1. ¿Qué casa es la mejor para que no te coma el lobo?

2. ¿El cerdito hace caso de todo lo que le dice el lobo?

3. ¿Quién es más listo?

Soluciones:
1. La de ladrillo; 2. No; 3. El cerdito

28

Verdadero o falso

1. El lobo ayuda a los cerditos.

☐ Verdadero   ☐ Falso

2. La mantequera le gusta mucho al lobo.

☐ Verdadero   ☐ Falso

3. El lobo se come al cerdito.

☐ Verdadero   ☐ Falso

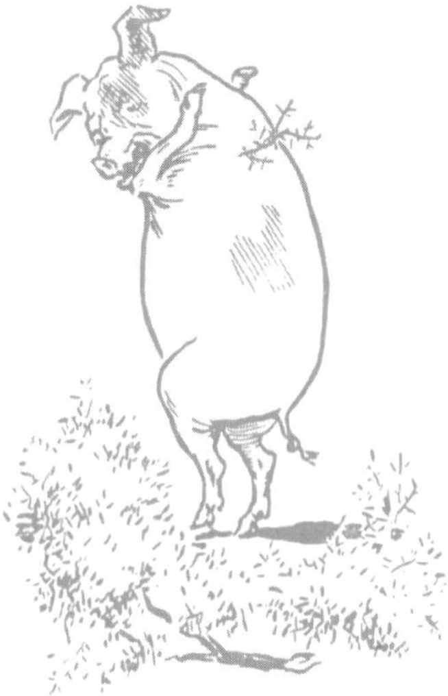

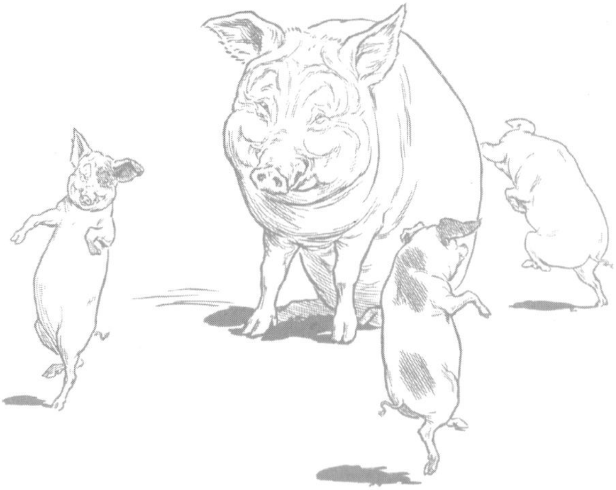

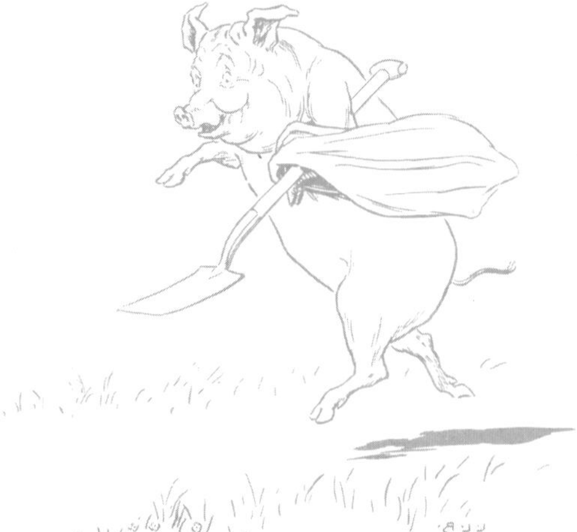

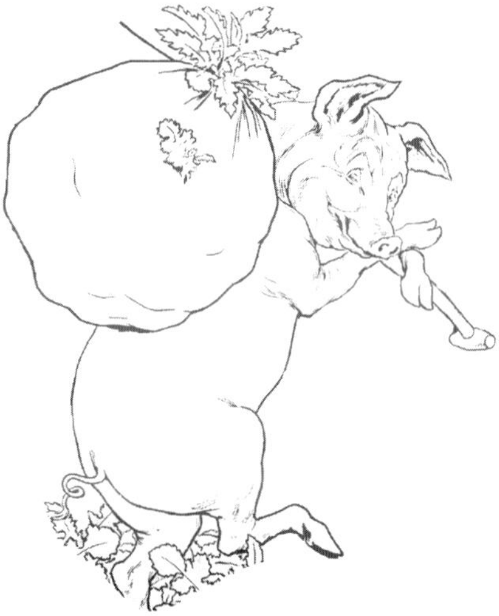